COLLECTION W...

TABLEAUX MODERNES

EXPOSITIONS

PARTICULIÈRE LE JEUDI 7 MARS 1861

PUBLIQUE LE VENDREDI 8 MARS

VENTE

Le Samedi 9 Mars, à trois heures précises

Mᵉ CHARLES PILLET
COMMISSAIRE-PRISEUR

M. FRANCIS PETIT
EXPERT

PARIS. IMPRIMERIE PILLET FILS AINÉ
RUE DES GRANDS-AUGUSTINS. 5.

CATALOGUE

DE LA PRÉCIEUSE COLLECTION

DE

TABLEAUX

MODERNES

DE M. W***

DONT LA VENTE AUX ENCHÈRES PUBLIQUES AURA LIEU

HOTEL DROUOT

SALLE No 7

LE SAMEDI 9 MARS 1861

A TROIS HEURES PRÉCISES

Par le ministère de Me **CHARLES PILLET,** Commissaire-Priseur,
rue de Choiseul, 11,

Assisté de M. **FRANCIS PETIT,** Expert, rue de Provence, 43,

Chez lesquels se distribue le présent catalogue.

EXPOSITIONS { PARTICULIÈRE, le Jeudi 7 Mars 1861,
PUBLIQUE, le Vendredi 8 Mars 1861,
De une heure à cinq heures.

CONDITIONS DE LA VENTE

Au comptant.

Les acquéreurs payeront, en sus, *cinq pour cent* applicables aux frais.

———

Le Catalogue se distribue :

Chez MM.

à Paris.	Charles PILLET, commissaire-priseur ;
»	Francis PETIT, expert, rue de Provence, 43.
Bruxelles.	Etienne LE ROY, place du Grand-Sablon, 12.
»	HOLLENDER, rue des Croisades, 3.
La Haye.	Van GOGH, 55, Spuistraat.
Amsterdam.	DEVRIÈS. Peincegracht.

DÉSIGNATION
DES TABLEAUX

ROSA BONHEUR.

1 — Troupeau de moutons au repos au milieu des bruyères, montagnes d'Écosse.

Haut. 45 cent. Larg. 65 cent.

ROSA BONHEUR.

2 — Vaches dans un pâturage.

Haut. 45 cent. Larg. 60 cent.

BRASCASSAT.

3 — Mouton couché dans une prairie.

Haut. 37 cent. Larg. 46 cen

DECAMPS.

4 — La Patrouille turque.

Composition de onze figures.

Haut. 75 cent. Larg. 93 cent.

DECAMPS.

5 — Les Potiers italiens.

Composition de six figures.

Haut. 49 cent. Larg. 65 cent.

DECAMPS.

6 — Samson combattant les Philistins.

Esquisse.

Haut. 18 cent. Larg. 28 cent.

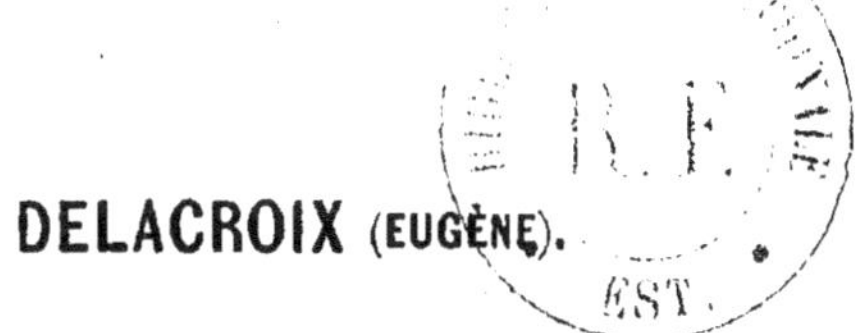

DELACROIX (EUGÈNE).

7 — Fantasia arabe.

Composition de six figures.

Haut. 65 cent. Larg. 80 cent.

DIAZ.

8 — Le Jardin des Amours.

Composition de quinze figures.

Haut. 41 cent. Larg. 60 cent.

DIAZ.

9 — Nymphe et Amour.

Haut. 32 cent. Larg. 24 cent.

DUPRÉ (JULES).

10 — La Vanne.

Haut. 50 cent. Larg. 68 cent.

DUPRÉ (JULES).

11 — Paysage et animaux; soleil couchant.

Haut. 49 cent. Larg. 65 cent.

FICHEL.

12 — La Partie d'échecs.

Haut. 21 cent. Larg. 27 cent.

FRÈRE (ÉDOUARD).

13 — Jeune paysanne tenant un enfant sur ses genoux.

Haut. 35 cent. Larg. 27 cent.

GÉROME.

14 — Arnautes en prière.

Composition de dix figures.

Haut. 36 cent. Larg. 52 cent.

ISABEY.

15 — Le Bois aux Amours.

Haut. 45 cent. Larg. 32 cent.

———

JACQUE.

16 — Poules et coq dans une cour de ferme.

Haut. 35 cent. Larg. 26 cent.

———

MARILHAT.

17 — Bazar à l'entrée de la ville de Jérusalem.

Haut. 55 cent. Larg. 81 cent.

MARILHAT.

18 — Danse sur les rives du Bosphore.

Composition de dix figures.

Haut. 32 cent. Larg. 41 cent.

MEISSONIER.

19 — Soldats jouant aux cartes dans une salle d'armes.

Composition de onze figures.

Haut. 21 cent. Larg. 27 cent.

PETTENKOFEN.

20 — Marché hongrois.

Haut.   cent. Larg.   cent.

PLASSAN.

21 — Une jeune femme essaye une coiffure devant un miroir que lui tient sa servante.

Haut. 22 cent. Larg. 16 cent.

ROBERT FLEURY.

22 — Intérieur d'une école juive.

Composition de douze figures.

Haut. 43 cent. Larg. 56 cent.

ROQUEPLAN.

23 — La Cueille des pommes.

Composition de cinq figures.

Haut. 91 cent. Larg. 66 cent.

ROUSSEAU (THÉODORE).

24 — Le Pêcheur. Paysage; effet du matin.

Haut. 19 cent. Larg. 26 cent.

ROUSSEAU (THÉODORE).

25 — Paysage traversé par une rivière.

Haut. 16 cent. Larg. 29 cent.

ROUSSEAU (THÉODORE).

26 — Paysage; effet de soir.

Haut. 25 cent. Larg. 33 cent.

TROYON.

27 — Animaux buvant à une mare.

Haut. 40 cent. Larg. 32 cent.

TROYON.

28 — Vaches et Moutons au repos sur la lisière d'un bois.

Haut. 31 cent. Larg. 39 cent.

WILLEMS.

29 — Le Départ du message.

Une jeune femme donne l'essor à un pigeon messager.

Haut. 55 cent. Larg. 46 cent.

ZIEM.

30 — Le Grand Canal de Venise ; effet de soir.

Haut. 54 cent. Larg. 82 cent.

Paris. Imprimerie Pillet fils aîné, rue des Grands-Augustins, 5.